KB107618

# 옛 추억의 향기

이은지

# 프롤로그

이 세상에 많은 일들을 겪어보고 일일이 다 시로 적진 못했지
만, 그래도 순수한 마음으로 시를 써 나갔다.
모든 것은 다 변해도 사람 마음은 변하지 않는다고 생각했지
만, 그 또한 오산이었기에
순수한 마음을 유지하는 게 얼마나 힘든 것인지 깨닫는다.
그래서 지금 이 순간이 얼마나 소중한 시간인지 다시금 알게
된다.
밤이 되면 생각이 많아지는 것이 내 마음을 더 아프게도 만들
고 때로는 더 아련하게 만든다.

지금 이 시로 기록하는 것도 세월이 지나면, 또 나의 모습과
생각들은 그대로일 것 같다.

매 순간 주어진 삶에서 잘 살려고 노력도 많이 했고, 무엇보다도 후회하지 않기 위해 최선을 다해 살아서 후회는 없는 것 같다.

다만 환경이 수시로 변하고, 일들이 나의 뜻과는 무관하게 갑자기 터져버려서 뭔가 하기에 주저하는 것도 많았다.

당시 경황이 없었지만, 그래도 후회는 남기지 않아서 "불행 중 다행이다"라는 생각이 든다.

그러나 후회는 없었지만, 완벽하지는 않았다.

완벽을 기하려고 애썼지만, 완벽은 인간이 남길 수 없는 유산인가 보다.

항상 그것에 대한 결점과 아쉬움이 있다.

시를 쓰지만 나만의 고심이나 고민 이런 것들은 거의 없는 것 같다.

이제는 후회 없이 사는 것도 중요하지만, 좀 더 사랑하면서 살아보고, 뒤돌아볼 줄 아는 삶을 더 지향해야겠다는 생각이 든다.

내가 생각하기로는 이런 삶이 더 인간다운 삶이고 후회하지 않는 삶이라고 생각하기 때문이다.

2024년 3월

이 은 지

# 목 차

● 추억

● 희망

● 일상

● 이별

추억

# 감쪽같이 사라진 내 하늘아

감쪽같이 사라진 내 하늘아
지금 너는 어디 있니?
너는 영원하지 않고 금방 사라지는 것

나는 너를 위해 매일같이 바라보고 기다릴 뿐
네가 사라진다 해도
너의 존재감도 느낄 수 있어

너의 기쁨과 슬픔을
이 모든 것 전부

기다림은 아련한 내 마음.
언제까지 너만 바라보고 살 거야.

나도 세월이 많이 흐른 뒤
내 하늘이 있을 테니...

# 그림자

하루가 멀다 하고
그늘진 노을에
검게 노출하는
뒷모습

같이 얘기하고
같이 웃으며
마냥 햇살과 같은
웃음과 행복

때 묻지 않은 웃음은
내 곁에 떠나지 않아
마음속에 남고

너와 나의 그림자에
남는다

너는 나의 행복

나는 너의 그림자가
되고파

네가 하루라도 없으면
주인 없는 그림자
그런 모습 보고 싶지 않아
살며시 너를 돕고 있다

# 바람결에 멀어진 날들

선선한 가을바람이
살갑게 나의 얼굴을
맞히고

나는 두 눈을 뜨고
차디찬 바람을
다시 바라본다

그 위에는
허공만이
존재했다

이미 내가
지나온 날들에 대하여
후회하지 않았다

그리고 나는
실망하지
않았다

그저
바람결에
스쳐 지나온 날들은

나에겐,
오랫동안 소중한 순간이였었다

# 사라짐

우리의 삶은
만남과 이별의 연속

아득히 많은 순간들 속의
환희와 아쉬움

늘 상반된 것들이
내 주위를 서성거리다

그런 상반된 것들이 없다면
차라리 세상이 좀 더
아름다울 텐데

오늘도 내 곁에는
수많은 사라짐 속에 아쉬움이
많아 남아있다

벌써 회한의 자국이 남겨진 지 오래

부정할 수 없는 사실은
세상의 모든 것들은
다 상반된 것을 지니고 있다는 것

상반된 것들끼리 있지 않고
한결같이 일관된 것들이 있다면
얼마나 좋을까

정말이지
부정할 수 없는 사실이다
부정할 수 없는 사실이다

오늘도 그렇게
문득 마음이 아련해져서
잠들지 못하는 밤을 지새웠네

# 사진

사진을 보다가
문득 생각난
너의 모습

추억 속에 헤메이는 것
멍하니 바라보니
아득한 세월 떠오르고

모든 것을
나에게 증명해 주는
한순간의 웃음과 미소
우리는 그 순간만큼은
행복했다는 것을...

힘들고 지친 삶 가운데
사진 바라보며
그대가 웃는 듯이
나도 덩달아 웃는다네

# 아득한 저 하늘 속

당신이 생각납니다.
깊게 추억 속에 잠긴
아득한 저 하늘 속

오늘 하루도 저물어가지만,
내 마음속엔 온통
그대 생각일 뿐.

내게 미소 지을 만한
많은 추억들을
준 그대에게

항상 고마운 마음으로
잠시 묵상기도 해봅니다.

# 상념과 그리운 감정

떠나는 길에
네가 보고 싶다

가는 길 더 짙은
한 사람의 떠나는 길
나 그런 모습 보기 싫다

그저 너의 상념으로
날마다 그리워하고 있다

내 유일한 사람아
너는 모를 거다
지금 이 순간부터
너는 나의 위안

우리 생명 다 지기 전까지
평생을 그리워하자

가는 도중 자꾸만
내 머릿속엔
너에 대한 상념

그리운 감정과
우리만의 추억이
새록새록 내 머리에 스치운다

# 세월의 흐름

하루가 지나고
또 다른 날들이 지나면
머지않아 긴 세월을
지나가는 것을
자신은 느껴본 적 있는가

시간이 촉박하게
나를 또다시 일깨우고
다시 새로운 날을 시작할 때

세월의 무성함이란
바로 이것
그 누구도
우리를 위해
기다려 주지 않는다

우리는 지금
최후의 날을 위해

시간과 세월
추억을 안고
달려가고 있다

# 옛 추억의 향기

나 어릴 때 생각 나
그전에 있었던
마음속에서 기억나던 모든 것
다시 상기하고파

그때는
이미 흘러간 시간
가고파도 못 가네

만약, 다시 되돌아가고
다시 이곳에 온다면...
홀로 기쁨에 젖어 있을 게다

그렇다고
우리
너무 망각하면서 살지 말자
잊고 살면 삶이
너무도 고달픈 것이 이 세상이다

그래서
난 옛 추억의 향기가 더더욱 그립더라

# 하얀 추억

하얀 바탕 위
추억을 그린다

지나간 날들에 대해
다시금 생각하며
지금과 같은지
어렴풋이 생각해 본다.

신선한 공기는
나에게
그리움의 자욱함을 주고

내가 하얀 하늘에
그린 소소한 추억들은
바람과 하늘빛이 살며시 가져갔다네.

그 순간
나는 왠지 모를

낯선
회한의 눈물이 흐르고 있었다.

# 함께 가자 이 길

애틋한 기억 찾아
난 이 길 택했다
혼자 가기 벅찬 이곳
같이 가면 기억할 거야

난 너와 같이 가는
길이 더 좋더라

너는 나에게
의지하고 기대어
힘든 모든 것
잠시 잊고
잠깐 다른 곳 가는 길

함께 가는 이 길
어쩌면 우리만의 길
영원히 기억될 만한 곳

그래서
네가 더 그립더라
함께 있고 싶어서

그래. 그래서
추억거리 걸으며
지금까지 훌쩍거려
차마, 고개를 못 들겠더라

# 보고 싶은 님

나는 님이
지금 사무치도록
보고 싶습니다

멀어지는 내 님이여
설령 우리가 멀어지더라도
님은 영원합니다

새벽안개에
그리움으로 가득 찬 이슬들은
나의 마음

이미 내 곁을 떠났지만
님의 소중하고 아끼신
정(情)은
내 뼛속 깊이 있을 겁니다

# 그리움

나는 누구를 위해 그리워하는가?

희망

# 그대만을 위한 기다림

그대 보고프다
오늘 말고 매일
그대만을 위한 기다림
이 순간만큼은 내 맘속 아쉬움이 없다네

# 꼭대기 이상

나는 푸른 창천을 보고
그리운 감정으로
슬픔을 느꼈다

나만의 이상은
저 멀리 있는 구름이 아니며
세상과 공감하는 그런 삶

내 이상은 꼭대기
그보다 더 좋은 것은
세상에 존재하지 않는다

아직도 나 혼자
북받쳐 오르는 감정을
주체하지 못하고 있다.

# 내 작은 침묵

생각해 봐도
내게 너무 값진 행복

그대가 쓴 글의 말미
아직도 잔잔한 감동이
밀려오니

지워지지 않는 글씨의
내 작은 침묵은
그대 편지 위
맑은 샘물의 한 방울이
되어

그 순간
홀연히 그대가 내게 준
말미의 뜻을 헤아려보네

# 맑은 세상

나 지금
혼자서 상상 속에서
나의 미래를 바라보고 있다

내  세상 속엔
결코 맑은 세상이 존재하지 않아
상심하고 또 상심한다

나의 이상향
그다지 멀지 않은 곳에
존재해 달라고
애원하고 싶다

나 그것 때문에
항상 갈망하고 있어
매일같이 그곳을 예감하고 있다

맑은 세상

사람들의 허물없는 곳

나는 바란다
내 눈으로 참 맑은 세상을
다시 바라보고 싶었다고...

# 머나먼 미래에게

나에게 약속하겠습니다.
머나먼 미래에 사람들을 다시금 만날 수 있게.
또한 내 자신과의 새로운 경험으로.
내 자신이 분리되기 전 날까지 힘차게 살아가리란 걸.

그대에게 약속하겠습니다.
같이 있지 못하더라도, 우리의 마음은 순수했다는 것을.
행복해하던 그날이 곧 미래의 발판이 될 거란 것을.
설령 떨어져 있어도, 그대를 위해 격려를 해줄 테니까요.

함께하지 못한 나의 사람들에게 약속하겠습니다.
저마다 각자 목표가 있겠지만.
우리, 세상을 너무 각박하게 살아가지 맙시다.
작은 여유도 없다면, 살아가기 힘드니까요.
그 이유는…
그 후에 시간은 물밀려 오듯이.
머나먼 미래에 당신에게 이로움을 더해주는 날이 다시
다가올 테니까요.

# 3월의 공원

풍경을 바라보다
차갑지만 그래도
봄바람이 불어온다

이제 곧 있으면
봄꽃들이 만발해질 이곳에서

기대하고
또 기대한다

따스한 햇살 속에
하얀 꽃잎이 필 때
기쁨 가득한
완연한 봄날을 기다리며

# 산뜻한 내 마음의 태양

산뜻한 내 마음의 태양은
지금쯤 어디에 있을까.
시계는 지체 없이 쉬지 않고
홀로 태양만을 찾고 있다

우울하게 내리는 빗방울에
내 자신까지 더딘 우울함
좀처럼 태양은 내 곁으로 오지 않아
쉼 없는 기다림의 반복.

조금 더 푸르른 하늘이
나에게 다가올 수 없을까.
짙푸른 빛은 땅을 가만히 비춰오고

새들의 지저귐이
또 다른 행복을 가져왔나 보다

다시금 새로이 시작되는

산뜻한 우리들의 태양

간절히 바라고 또 기다려보니

만인이 그토록 바란 희망의 빛이 떠올랐나 보다

# 하늘 아래, 뿌리 깊은 흔적들

별들로 가득 찬 나의 은은한 공간에
창밖에 이는 서리와
계속 나의 머리를 맴도는 지난 날들.

뜨거웠던 나의 마음과
온화했던 지금 마시는 차의 향긋함
식지 않은 그 마음으로,
내 그대를 아직도 기다리고 있음을.

나는 그저 그댈 향한 뿌리 깊은 흔적들을 생각만 하고
있던 중
밖에 그리움들의 꽃이 흩날릴 때
수북이 쌓여가는, 식어가는 나의 지나간 열정들.

찬 공기에 마지못한 창문에 이는 서린 뿌옇게 변하고
차갑고도 고요한 정적의 한 방울이
내 앞에 보이는 지금 이 순간.

그저 단순한 감정적인 날이 아니었음을
발견한 찰나였다네.

# 나에게 날개가 있다면

나에게 날개가 있다면
그댈 보러 하늘나라로 가겠소
그대가 두려워하지 않을 곳으로

나에게 날개가 있다면
세상에 빈곤한 사람들을 위해 날아가
이 몸 바쳐 힘겹게 도와주겠소

나에게 날개가 있다면
불행한 사람들을 위한
희망이라는 불빛을 주겠소

일상

# 생성

햇빛은 만물을 성장하게 하는 요소
따스하고 열정적인 빛으로
항상 포근하게 해 준다

하지만
햇빛에게도 쉴 공간이 필요하다
너무나도 열정적이게
자신만 너무 힘들게 만든다

그래서
짙은 안개가
햇빛을 가려준 것은
희생하는 정신이 있기 때문이다

# 가을 새벽녘

아침에 나가
무장하지 않은 나
시월의 아침
보러나갔다

밖은 이미
사람 한 명 없는
공원

그래도 괜찮다
생명 가진 생물들이
나를 맞이하니까

시월의 모든 존재들은
준비하는 때
이제 형형색색으로
모든 이들이 보겠지

자연의 멋이란
가을 새벽녘에 보고
기다릴 줄 알며
색깔이 변하면
그 찬란함은
순간적인 빛을
발한다

# 그것의 가치

기다려본다
아직 어설픈 그림자를
하염없이 기다려도 기약 없다

계속 기다려 봤지만
보일 기미가 안 보인다
그래도 다시...

한 대상을 위한 계속적인 생각
분명 하늘은 맑고
내 위의 나무는 이렇게 푸른데
왜 망설이는가....

바람결에 그림자가 떠났나 보다
무심코 생각한 끝에
비로소 안 그것의 가치

미련 없이 떠나갔다

아쉬움 남지 않은 오늘
드문드문 생각하다가
연약한 침묵 속에 내려놓는다

# 따스한 햇살 아래서

나 따스한 햇살 아래서
느긋하게 생각한다
내가 그동안
무엇을 하며 살아왔는지를...

더 생각하면서
지난 일 다시 떠올리면
나 웃다가도
갑자기 불현듯
슬퍼진다

이유는
그늘 속에 감춰진
너희들의 모습이
지금 내 눈앞에 보이지 않아

나 그렇게
아직도 따스한 햇살 맞으며

그런 생각들
다시 떠올려 본다

# 사계절의 비

사계절이라고 해서
다 똑같은 것이 아니다
사시사철 일시적인 것이
아니기 때문에...

비라고 해서
다 똑같은 비가 아니네
그것은
한 순간의 오해

봄철의 비는
만물을 생성하는 비
촉촉하면서도
비를
그리워하는 이들에게
봄을 알리는
따스한 빗방울 내려온다.

여름철의 비는
모든 생명들에게 많이 주는 비
시원함을 더 하는 비

가을철의 비는
그다지 산뜻한 비는 아니며
비가 오고 난 후
다음날 아침이 되면
겨울이 다가오는 느낌
서리도 아침에 많이 끼어
나를 더 헷갈리게 만든
가을비

겨울철의 비는
많이 오지 않아.
그 비가
순식간에 고체로 변한
눈이 되어
아이들과 어른들을

기쁘게 만든다

저마다 특징 있고
사계절의 비는
그렇게 똑같지 않다고
많은 이들에게 알려주고 싶다네

# 서글픈 빗줄기 속에

곧디 곧은 한그루의 나무
푸르름이 더한 쪽빛색

하늘이 내려준 단비에
너의 모습은 장엄하구나

늦여름의
서글픈 빗줄기 속에

세월이 지나도
꿋꿋하게 견뎌온
너의 모습을 보면

이 순간
나도 너의 모습을
본받고 싶구나

# 세상에 대한 일깨움

계절이 지나갔다고
시간이 지나갔다고
나를 일깨운다

광대한 이 세상 속에
나를 더 슬프게 만드는 것
바로 시간의 흐름

나 아직
젊다고
세상에게 소리치고 싶지만
단지 내 작은 소망일 뿐..

# 시(詩)

시를 보고 우리가 느끼는 감정은 무엇인가?

안녕

헤어질 때 무슨 이유로 손을 흔드는가?

# 어울림

나무 한 그루를 본다면
왠지 모르게
슬픔이 밀려온다

창문을 통해
숲을 바라보면
내 맘 편안하다

이미 우리는
세상과 같이 사는 삶

나무 한 그루씩 모여
풍경을 이뤄
그 나무들이 모여
숲과 산을 만들었다

이처럼 삶도
우리에게 은밀하고
아무도 모르게 알려주고 있다

# 억새

가을이 다가오며
나를 보며 고개 흔드는
누군가가 보인다

이미 그는
날씨와 계절로 인해
많은 고생
다 겪은 사람같이
머리털이 하얗다

나 그런
누군가 보다가
땅 위의
가엾은 나그네를 돌봐주고 싶다

풍파의 힘을 견디는 모습
백발과 회색 빛나는
그 누군가

남모르게 고생하고 있다

그런 모습 보며
그에게
남모르게
온정(溫情) 주고프다

# 여명의 하늘

새벽 5시경
홀연듯 잠에서 막 깬
나는...

창밖으로 보이는
눈부신 아침햇살이
내 뽀얀 살을 비치울 때

싱그러운 공기가 감싸듯이
눈을 감고 잠시 여명의 햇살을
살며시 기대어본다

잠깐의 영혼의 숨결을 느껴본다
다시 눈을 뜨면
여명은 저 하늘 위로
다시 아침이 다가온 것을 느낀다

# 음악예찬

난
음악을 들으며
하루를 시작한다

음악은 나의
생명과도 같으니
이것만 있어도 살 수 있다

다른 이들의 생각엔
내가 미쳤다고 말하겠지만
난 평생토록 사랑할 거다

왜냐하면
나의 아득한 과거에
웃음 짓게 만든 것은
음악이었기 때문에.

# 의연함

세상살이
나약하게 보이지 않으려고
겉으로 풍기는 자신의 강인함.

나뿐만 아니라
모든 사람 다 그렇게 행동해
있는 모습 그대로 보이는 사람이
이 세상에서는 핀잔받는 존재.

그렇다.
세상은 그 정직한 사람을 무참히 짓밟는다.
아무도 모르게 지나간다.

하지만 나는 이런 의연함을
사모하고 싶고 예찬하고 싶다.
내 생명력을 더 불어넣어줄 필요한 존재
평생 동안 의연함으로 살아도 괜찮다.
내 자존심보다도 더 위대한 것은

나만의 의연함.

자존심은 한 풀 꺾이면 그만이지만
의연함은 한 사람을 위한 연가(戀歌).

죽는 그날까지 한 사람을 위한 삶이
헛되지 않도록
자신을 수양하고 또다시 수양해야 한다네.

나는 누구한테 의지하지 않을 것이며
내 자신에게 의지할 것이다.
그저 난 나약한 존재가 되기 싫다네.

입김

어느덧
가을의 끝자락이
다가왔다

피곤한 내 혼 이끌고
차디찬 공간으로
나갔다

미동이 조금 있었던
체감온도
얼마나 추운지
재어보려고
소리를 내보았다

입에서 나오는
하얀 연기
순간 신(神)이 된 것 같다
나 그 짧은 시간 속에

다시 한번 함박웃음 지었다네

# 지중해

멀고 먼 저 맑은 하늘 위
상쾌한 공기가 나를 기쁘게 하네
자극하지 않은 모든 것들이
더 기쁘게 만들고.

경쾌한 종소리와 동화 같은 한 장면이
내 눈앞에 펼쳐져
나른하게 바라보다.

그곳은 바로
지중해의 동쪽
지지 않는 해와 같이
그곳의 운명도 감동적으로 물들이고 있다.

# 청춘에서 늙기까지

세상 사람들 둘러보다
나 청춘과
곱게 늙은 사람 보았다네
나도 곱게 태어나
저 늙은 사람처럼
서서히 늙어가겠지

나 두렵지 않다
세월 앞에서는
나라는 존재는
아무것도 아니라는 것을...

그래서 매 순간마다
많은 이들 볼 때
작은 깨달음 느껴
늙은 사람들 마음속엔
분명히 청춘이 있을 거다

# 푸르른 하늘

잔디에 누워
눈을 뜨고 깊고 시리도록
푸르른 하늘을 본다

저 세계엔
누가 있을까?

바람이 분다
시원함을 더하는
하늘 바람

만약에 푸르른 하늘이
내 위에 없다면
나는 누구에게
얼굴을 드리울까?

내 기분과 같은 하늘은
아직도 나를 보며

반기고 있다

# 하루생각

우리는 하루를 살아갈 때
의식적인 하루를 맞이하는
누군가 즐기고 있네

그 안의 모든 것은
자신만의 자신감, 목적의식이 담겨 있어
값진 의미
더 귀중하게 만드네

당신은 아는가?

생각으로도 세상을 바꿀 수 있다
알찬 생각을 가지며, 일을 임할 때
자신의 생각도
이와 같이 바뀐다는 것을...
의욕적인 것은
결국
우리들의 생각으로

세상을 바꿔가는 것이었다

# 내가 매일 생각하는 것

하루가 지나고 또 하루가 지나가

생각할 때마다 무의미하다.

그리고 소중한 내 시간들도 내 곁에서 흘러간다는 것도
마찬가지다.

난 아무것도 바라지 않는다.

다만, 내가 인생에서 무엇을 추구하고

어느 생각을 하면서

지금까지 살아온 삶을

내 자신은 그 시간들을 기억하는지

난 살면서 꼭 찾고 싶다.

미래가 아니어도 좋다.

지금 사는 것도 어떻게 보면 행복한 기간이니까...

난 한 번쯤 내 자신을 위해 돌아보고 싶다.

이것이 내가 사는 이유인 것 같다.

# 한숨

물안개 피는 것처럼
내 입속에 정체불명
나를 더욱 힘들게 만드네

도대체 그 속에
무슨 한탄이 있길래
오직, 자신만이
간직할까?

하얀 입김
맥 빠지는 소리와
표정이 나를
더 심란하게 만드네

한숨, 그 의미 속엔
누구나 가진
작은 고통과 신음소리 없는
고통을 가지고 있다네

이별

# 이별생각

나 아득한 햇살
바라보며
앞으로 다가올
우리 둘만의 이별생각
머금고 있다.

앞에 가리는
자욱한 안개의 정체는
왜 내 앞에서 아른거릴까?

그저 앞 일에 대한
미리 바라보고 생각하는
나의 생각 때문에

앞으로 다가올
우리 둘만의 이별을
감당하는 것이 너무 힘들어

그날이 다가오면
무기력해지는 내가 될 것이며
그대 앞에서 의연하게 될 것이며
싫은 내색 한 번 안 할 것이라네

# 작별, 그리고 이별

떠나는 이
아무런
예고 없이 떠난다

만남이 있어서
잠시,
행복한 순간도 있었다

그대여 슬퍼하지 마라
우리 언젠가 만나
내가 또다시
그대를 보내네

그간 있었던 일
잊지 않고 눈물 보이지 않을게
마음속으로만 간직할게

마침 연이 내 눈에 보여

그것을 보며
나도 흐느끼며,
슬퍼했노라.

# 10월.. 이별의 달

내가 애지중지하던
강아지를 보낸 지 오래
귀여움과 강인함을 가진
우리 강아지야..
지금 너는 어디 있니?
그저 네가 보고 싶다 그저..

우리 반 친구야
너는 잘 지내니?
너는 어머니 없이 잘 살지?
고 2때 너의 어머니 장례식에
갈 때..
나 정말 위로하고 싶었어.
네가 더 우니까..
엄마 없는 세상이 무서운 거..
나도 잘 알고 있지만
하늘에서 너의 어머니가 지켜주실 거야.
너의 미래가 창창해질 거라 믿어!

마지막으로 나의 스승님..
지금쯤 어디 계시는지 모르겠지만..
10월만 되면 스승님이 보내신 편지 볼 때
눈가에 안개가 밀려오고 촉촉해지는 이유
바로 그건 그리움 때문이래요.
아무것도 들리지 않아.
아무도 대답하지 않아
공허한 마음은 지속되는 것.
스승님, 우리 하늘에서 만나죠...
환하게 같이 웃어봐요.

10월..이별의 달
나에게는 너무 버거운 10월
이들은 다시는 돌아오지 않는 이들
더욱 슬퍼.
앞으로 더 두려워.
내 앞에 이런 시련들이 더 올까 **봐**...

## 옛 추억의 향기

**초판 발행** 2024년 3월 15일

**지은이** 이은지

**펴낸이** 김복환

**펴낸곳** 도서출판 지식나무

**등록번호** 제301-2014-078호

**주소** 서울시 중구 수표로12길 24

**전화** 02-2264-2305(010-6732-6006)

**팩스** 02-2267-2833

**이메일** booksesang@hanmail.net

ISBN 979-11-87170-65-5

값 12,000원